歌　集

エロイカを聞く夜に

川涯利雄

第１歌集文庫

目次

冬の獣園

義久……六
孤り逝きけり……九
一周忌……一二
冬の獣園……一七
うからの顔……一九
日々荒惨……二五
雪の足跡……二九
風邪の夢……三一
五月雨の旅……三三

翔び発つ鶴に

翔び発つ鶴に……三八
隠花植物……四〇
海鳥の群……四四
旅立ち……四六
天草行……四八
屋久島行……五〇
曼珠沙華……五四
夕やみ……五五
ヘッドライト……五六
夜半の月……五七
雁来たる……五九
寒夜……六四
牛……六六
火の河原行……六八
雪の朝……七一
夜の公園……七二

夜の操車場

火山灰……七六
中大兄……七七
夜の操車場……七九
磨崖仏……八〇
あぢさゐ……八一
我を打て……八二
カンナ咲く墓……八五
盂蘭盆……九〇
夜の机……九二
うらがなし、妻……九六
夜の海……九八
秋一日……九九
エロイカを聞く夜に……一〇一

解　説　岡野弘彦……一〇九
あとがき　川涯利雄……一一三
解　説　伊藤一彦……一一六

冬の獣園

義久

蓮華田に子を坐らせて歌を詠む　しづか仏と遊ぶごとしも

寝入る児を背にくくりつけ自転車をこぎ帰るなり夕月の道

一日の散歩を終へて飲みに行く　子を抱き妻をあとに従へて

生き鯉を広き新聞紙に巻くわれを児はおどろしくみつめてゐたり

弁当を届けに来たる義久が日傘をさして帰りゆく見ゆ

ケロヨンとコメットさんが好きと言ふ　迎へに来し児を抱きつつ帰る

汽車に乗り行方不明になりし子を夜ふけて清き乙女伴れ来ぬ

こらへゐし涙湧き落ち幼な児は手の鉛筆を投げ捨てにけり

ガリを切る部屋に入り来て騒ぐゆゑ怒れば出でぬ　さびしその背の

我が胸に力いっぱい抱くとき悲鳴あげつつ好きと言ふかな

何回も何回も我に挑みくる子に転びつつ愛かぎりなし

幼な児は小さき唇をとがらせてキスせよと言ふ月清き庭

人生のつひの淋しさを思ひつつ胡坐に眠る児を摩《さす》りをり

満天の星の海原ゆく船に思へば賜もののごとき義久

灯台の光めぐれる時の間も遠離れゐる妻子《めこ》を恋ふなり

孤り逝きけり

血みどろになり義久は死ににけり昭和四十四年八月五日

泡立てる血はおのづから湧きいでて義久手術台に生きむすべなし

美しき顔に生血は湧きいでて我が義久よ息づかぬなり

義久よ死ぬな生きよと叫ぶごと立ちてゐたれば泣くこともなし

指さして出でよと医者に命ぜられ素直に出でてすべなし我は

幾重にも頭に包帯を巻きつけて我が義久は孤り死にけり

義久の軀《むくろ》を抱き哭く妻の肩抱きしめて家に帰りぬ

「義久はアトムになる」と叫びつつ駆け出でにけりそして帰らず

ごめんなさい　ごめんなさいと泣きすがる妻狂ふなよ狂ふなと思ふ

義久を愛したまひし人ら来て妻の嘆きは極まりにけり

ことさらに可愛ゆき子供を神召すてふ人の言葉を妻は恃まむ

義久は固く冷たくなりけりと通夜の客切れて妻と泣きあふ

殺したる人を責めても帰らぬと知れれば妻も言あげはせず

柩の蓋開けて泣きゐる妻と我のめぐりを葬儀屋が幕張りまはす

父われと母と弟とゐる窓のガラスくれなゐに染むる螢よ

ばうばうと窓燃ゆるまで明かるきは幼き霊の螢来てゐる

夏の空透くべくとほく晴れわたり義久の煙うすく消えゆく

鉄腕アトムあまた染めたる浴衣着て夏雲白き果てに行きけり

一周忌

繕ひし襖の穴の出でてあり執念く義久よ忘れしめずも

やはらかに産毛のごときもの光る松の芽立ちを見れば思ほゆ

我が子分と呼びて伴ひ歩きたる時期なり子分は車に殺《や》られぬ

子分と呼べど親分と答ふ世知も知らず幼かり子よ死して日を経ぬ

神様があるはずはないと言ひ切りて唇かみて妻のほろほろと泣く

神ほとけ信ぜられざるさかしらを汝は持つゆゑに闇に泣きつぐ

嘆かへる妻慰むと来たまひし人あり新たな悲しみに泣く

父なれば当然とも思ふしかすがに児を打ちし掌の今もかなしき

霊媒の人ありと聞き島かけて妻は行きたり置き手紙して

菊の花あふるるばかり抱き来て教え子よまた妻を泣かしむ

庭先の垣根をまはり常のごと子が帰りくると思ふ夕べとなれば

くらやみにしばらく消えし一つ蛍　灯《とも》れば確実に飛びし距離あり

カーテンを動かし義久は帰り来よ闇を飛ぶ蛍のやうにたやすく

周囲には見ぬ美しき子なりしと窓の蛍に言ひつつかなし

読みさしの本に挟まれ足掻きゐし蛾よ死ぬるまでの苦しみいかに

黒きリボンの中に頬笑む義久の眼下に明日のガリ切るわれは

思ふ子を死なしめてより太りたる泣きぼくろ指に触れていとしむ

胸深く抱けば今夜も妻が泣く幼く死にて惑はすよ子は

義久は賽の河原に石積みて父と母とを思ひゐるべし

森に鳴く明けの小綬鶏のひたぶるな物言ひせねど——子の一周忌

ささやかに汝は生きたればいささかの人来て汝の一周忌終る

流れゆく光となりて鳩が飛ぶ子の一周忌終へし夕空

冬の獣園

獣園の昼のしづかを歩み来てものうく虎の嚙み合ふを見つ

犀の背に羽根青き鳥来て止まる雪降りしきる獣園の昼

全身に針を負ひもつけだものの眼《まなこ》澄みつつ餌をせせるかな

妥協なき怒りよきかな黒豹のまなこは青く燐もえたてり

雪の空見上げてゐたる白熊の首振り首振る　ああいつまでも

死魚の腹青く透けゐる水槽に白熊ざぶりと沈む　すべなや

象の鼻しなやかなるがかなしくて雪に日暮るるまでを見て来ぬ

山ふかき故国を知らぬ青き孔雀雪にしんしんと羽根展《ひら》きゆく

辣韮《らっきょう》の皮むきあかぬ老い猿をながく見をれば知者のごとしも

うからの顔

壕ふかく蠟の炎を目守りたる暗きうからの顔が顕ちくる

ひと夜にて母の縫ひたる袷着てひた走るなべに舞ふ風ぐるま

花のごとこぼれてやまぬ笹雪に埋《うづ》もれゐたり罠のひよどり

胃袋を裂けば木の実の色鮮《あたら》し雪の竹群に縊《くび》れゐし鵯

竹群の奥の仮屋に病む人のかなしき咳を聞きしまぼろし

首に巻く青大将の脱けがらのカサカサとさびし母恋ふ夕べ

羽織袴の村人こぞり祝ひたり軍服きよく出で発つ叔父を

石垣の下に積みたる芋俵・米俵陸続と馬車が運び去る

叔父死にし報の記憶はなけれども叔母が声あげて泣きたり夜半を

風ぐるまつくると来にし竹群に相抱く女男《めを》のかなしみを見つ

海底の炭鉱掘りになるといふ佐助の提灯が山登りゆく

風呂を焚く顔がしづかに鬼と化し祖母が歌へる——花一匁

眼をとぢてかなしく歌ふ祖母の裡《うち》夕映えの海凪ぎわたるべし

ほつたりと赤き椿の落ちしのち死を飾るごと雪降りみだる

亡骸を囲む家族《うから》の背後《しり》に立ち嘆く現《うつ》つを見ておはしけむ

ねむりつつ黄泉に入りゆく祖母が魂《たま》列なしわたる鶴を聞きしか

生き来しのうちにもつともやさしきは祖母なり祖母を思《も》へば苦しゑ

ぬばたまの深井の底にこだまする父のまぼろしの声も知らざり

亡き父の蔵書に引ける朱き線土蔵の淡きあかりに見たり

放蕩のはてに肺病となりし父紫陽花青くなりて逝きたり

仏壇に紫陽花の毬あふれしめ父につらなる者ら夕餉す

額縁の父は我より若くして夕餉の家族見ておはすなり

亡き父のわれにささやく悔しみを聞くごとくかなし遠きチャルメラ

雪舞へば外套の襟深く立てハルピンの夜を歩く父見ゆ

父母が婚《あ》ひそめしてふハルピンよ地図にあをあをと大河ゆくなり

灯明をともしてながく動かざる老い母おほく父を語らず

父に似て汝がまた母を苦しむと闇に泣きたる小さき肩見ゆ

三人の子をやしなふと苦しみし母もやうやく老いづきにけり

くらやみをさぐり厠へゆく母のあはれを廊の鏡写すな

日々荒惨

義久のかはいがりゐし野良犬が夕ぐれの街をよぎりて行くも

生きるあひだ寂しと思ふ茫漠の空の青きに死よ静かなれ

我が前をひたぶるにして走りゆく犬にいかなること起りけむ

とだえなく車の列の流れゐて亡き児狂ほしく目に顕つ夕べ

内職の織物工場に妻を呼ぶ電話に筬の音ひびくなり

生きてゐる悲しみにたへ夕あかね映る川面に糸遠く投ぐ

西空の一つ夕星《ゆふづつ》見てをれば義久は笑ひ空に顕ち来る

黙しつつ夕餉の飯を食《を》しながら子を思ふらし涙ぐみゐる

泣きゐたる妻もいつしか寝入りけり闇わたりつつ鳴く鳥のこゑ

妻寝《いね》てひそかに飲みに家いづる肩に来てあれ義久の霊《たま》

生活が日々に荒惨に堕ちてゆく我を見つめてあれか汝が霊

赤きバアの隅に臥しつつ流行歌聞くさへ涙流してゐたり

外灯のとどく範囲をけぶりつつ降る霧雨に立ちてさみしき

夜の道にさびしき我と行きずりし人のしはぶきはさびしかりけり

我が蹴りし石はしばらく音たてて無音の谷に落ちつづくなり

眠りゐる妻を犯せば「おかへり」と言ひてしばらく許し寝入りつ

蠟燭の作《な》す陰翳に仏壇のウルトラマンの面が怒れり

雪の足跡

ひと壺の骨としならむ一期《ご》ゆゑ清冽に今朝の雪積れかし

しみじみと苔を伝ひて湧き出づる清水さびしき胸に触れ来る

義久の霊《たま》は清らに生《あ》れ出でよ紅梅の莟雪に開けり

あはあはとただよひ出でし昼雪は幼き霊の遊ぶとも見ゆ

夜の汽車の窓のくもりを手に拭けば走る光に深き雪見ゆ

無心にて畳の縁《へり》に汽車並べ遊ぶ義久はゐずなりにけり

降りつもる雪に足跡残せしは子のまぼろしの来て帰りけむ

こだまして木靴の音の歩みくる長き廊下のやうに寒き夜

寒き夜を抱きて寝《いね》れば伝ひくる体温ぬくき幼《をさな》なりしが

わが胸にすがりて来たる妻の頬の濡れゐたることに触れて語らず

風邪の夢

新築の壁をひねもす塗りあかぬ人を見てゐる風邪に籠りて

笞のごと後背《うしろ》に豆を打たれつつわがかなしみの鬼はくぐまる

洗ふごと霰去りたる後にしてをちこち福を呼ぶ清き声

白衣着て牢につながる金芝河の背に豆を打つ赤き鬼来て

小鼓をせめにせむれば火のごとく魔性のごとく喜びは湧く

黒服をまとふ神父のおそろしき微笑を風邪の夢に見てゐつ

カーヴ切る電車の吊輪ことごとくなびきゐしこと更けて思ひ出づ

闇をふく風にもまるる庭樹々の鬼面ぬげずと狂ふならずや

五月雨の旅

るいるいとまだ生きてゐる蠅つけて蠅取り紙は炎となりつ

庭に置く自転車月に輝けり物体といふものなべて静けし

柴垣の一葉一葉に月光るたとへば郷愁のやうなやさしさ

月光の明るき庭に降り来たり、雨はたちまち篠突くばかり

捨て猫の鈴よ我家をめぐりをり木の芽流しの雨の夜ふけを

つつましき音を刻みて保線車の光は霧らふ雨を来るなり

大雨の線路見まはる工夫らの頭《づ》に灯す灯が霧に動けり

昨日雨、今日もひねもす雨降りて庭ににごりの水渦巻けり

血のやうな赤き腰ひも首に巻き狂女は笑へ梅雨に倦みけり

義久を忘れぬこころ降りしきる雨の夕べを濡れて歩めり

河も海も一つ高さに濁流のあふれて浸す橋に立つなり

鉄橋をひたす濁流のひろがりを蛇はゆるゆると泳ぎゆきたり

濁り水溢れて鋪道に残したる塵芥も夜の雨に流れつ

葦叢に捨てたる船の濁流の渦の流れに乗りてめぐれり

河口より海にひろがる濁流に乗るごと船は海原を航《ゆ》く

風強き船尾に立ちて泣きにけり亡き児と海を航きし日も風

濁流のさかまく海に浮かびつつ沈みつつつひに果てなむものを

翔び発つ鶴に

翔び発つ鶴に

自動車のドアを開くれば射るごとし風に鳴きかふ鶴のこゑごゑ

ひろげたる羽根かろがろと浮きあがり風にところをうつす鶴はも

足伸べて流るるごとく降《くだ》る鶴　地につかむとしあはれ羽搏く

保護区よりへだたる潟に一羽ゐる鶴の清しき眼に見られをり

ズームレンズ徐々に絞れば鶴群の一羽さみしき貌をして佇つ

かへりゆく鶴の群より見えてゐむ熟柿の紅にかこまるる家

鳴きわたる鶴がねの眸《め》に我を生みしふるさとの山うつくしからむ

つらねゆく鶴のあとより夕ぐれてわが失へる幾人の友

飛び発ちてみるみるとほくなりゆきし鶴がねのごとしわが少年期

ほのかなる空の翳りとなりゆけば列なす鶴を呼ぶすべもなし

夕ぞらのとほき果たてをわたりゆく鶴がね聞けば祈りのごとし

旅だちし一羽の鶴の鳴く声か仏壇に香を焚く夜聞きしは

瞑りたるまなこの闇にしらじらと羽根ひた搏ちて海わたる鶴

隠花植物

「顕花植物・隠花植物」の図鑑見る弟の背は兄越えむとす

ふてくされ返事もせずと妻嘆く子を伴れて来ぬ風の林に

仰ぎつつ社《やしろ》の階《きだ》をのぼりゆく桜《はな》咲くと子の叫ぶ高処《ど》へ

われに似て汝もおろかに生きゆかむふぶく桜を子と仰ぐなり

髪切りて清しくなりし光久が素振りするなり桜の庭に

身にあまる地球儀くるくるまはす子の顔もをぐらき五月雨の昼

カーテンの内に灯ともすわが家よたどたどと子がオルガン弾けり

わがものにしてかなしかり子の弾けるオルガンの音・妻うたふ声

誕生のケーキに立てし蠟の灯によく似る顔を子らは並ぶる

ふいに来し停電の闇　いきいきと葡萄の粒ら机によみがへる

そよ風に揺るる蠟の灯　両掌もてつつめば炎しんと美し

旅立たむ日の近き子が新しき服着て我の部屋に来にけり

海碧き与論島より帰り来し子が頬も肩も黒くつやめく

南《みんなみ》の碧き海より清らなる少年つれて子は帰り来ぬ

トランペット星の夜空に吹きあかぬ少年の母とほき日になし

月光の青く射したる一つベッドに子と子の友とふかく眠れり

海鳥の群

生活に疲れしといふ妻と来ぬ海鳥群るる洲は海近き

おのづから境界なして群るるなり鴨とかもめと一つ洲のなか

やはらかに首をからめし鷗をりなべて静かに鷗は群るる

鴨の群占めゐし場所に降り立ちて群なすときも鷗静けし

濁り川海に入りつつ立つ波に逃げゆきし鴨の群れ浮くが見ゆ

群れカモメ飛びたちてまた洲に下りぬ洲をめぐり行く流れの静けさ

横ざまに群れ来るカモメさざ波のごとくいつせいに羽ばたきながら

いくたびも逃げては帰るカモメの群　守るべきもの持つはかなしき

洲の先端にカモメの汚れし骸《むくろ》あり眠りに入らむ群に離れて

音たてて夜の雨来たり潮に浮く海鳥の群は濡れて眠らむ

旅立ち

玄関に今し新聞の落つる音寝ざめつつ聞くそのかそけさを

明けぬれば旅立つ我にすがり来て何か言ひしがまた寝入りたり

あかときの水欲ると来てあかあかと窓に花咲く椿見てゐつ

かぎりなき青の極みにほのかなるくれなゐの光《かげ》おびたり蒼穹《そら》は

笹の葉の明るきみどり金銀をこぼすばかりに風にきらめく

水底の影しらじらと揺りながら白藤の棚を風わたる見ゆ

をりをりに噴水に吹く風ありてここの花時計は濡れつつ動く

暗雲を飛ぶ機の真下　灯をつけてみどり美しき球場の見ゆ

尾道の狭き水門は夜となりて千万の灯の渦まくごとし

夜の灯を清く並ぶる街の上　翼かたぶけて機は下りそめつ

天草行

十人に足らぬ客乗せゆく船のあなた果てなき夕映えの海

羽ばたきてひたに海面をかすめ飛ぶ鳥も夕靄のなかに消えたり

土深く秘めこしマリア観音像――君としづかに行く桜《はな》の下

雲間洩る光のごとき天の声　首打たれむとして人は聞きしや

花の坂思ひて下る――切支丹破天連ヲ踏マザル者ハ獄門ノ事――

春の雷とどろく空を指させる天草四郎をうつ花ふぶき

屋久島行

しろがねの霧の奥より神籟の聞こゆるごとし激つ瀬の音

神光をおびてまぶしく照りながら杉の林に霧移りくる

激つ瀬は鬼岩竜岩にうちあたり青き飛沫となりてくだりぬ

石を飲み砂礫を含む大岩もゆらぎ崩《く》えよと水迸《ほとばし》る

大杉の繁りより降る霧の雨青ゆづり葉の群をうちうつ

合体し一木となりし大杉のとほき頂きに青空は見ゆ

がうがうと岩うちくだる瀬の音に揺らめきやまぬ長き釣り橋

崩土《くえ》の底より湧ける清き水杉の赤根を越えて流るる

雫してうるほひ満ちて雫する苔のしづくの間断もなき

指さして何か叫べど汝が声の瀬音さうさうとここに聞こえず

大杉の繁りを徹す光芒に霧はくれなゐの虹まとひたり

くれなゐの虹うつしつつ屋久杉の林のふかく霧はうごめく

うち揺らし小枝に遊ぶ猿の群憂さなきは神の裔《すゑ》かも知れず

岩を飛び枝を揺らしてたちまちに群なす猿に囲まれにけり

自動車のガラス隙なく貌寄せて猿類は見る人類われら
つやつやと海面に光流らふは青空たかく南風《はへ》わたるらし
しろがねの和毛の光る蕗抱きて藪より妻の泳ぐごと来る
峯移る猿のしづけき大群をやみに思ひつつ更けて寝入りぬ
語ることあまた互《かた》みに抱きつつ波頭に糸を投げて遊びき

何ごとも語らず握手して来しがはるか埠頭に手を振りやまず

曼珠沙華

笹竹のかげに素枯れし曼珠沙華誰しもつひにさくるべからず

夕やみの底にほの照る曼珠沙華風ふけば花の霊らさやげり

かなしきはくれなゐの色、草なかに小粒の花をひそかにぞ持つ

竹群の奥に晩夏の光射しとほくかなしき恋あるごとし

彼岸花見て来しと妻に告げしより立ち枯れの群くるめきやまず

夕やみ

夕映えをうつせる海のはたてまで一つ筏を流し佇ちたり

遂げざりし愛恋さがしはてもなや闇に飛びかふあまた蝙蝠

夕やみに火を焚くをんな風あふる火《ほ》かげにすくと立ちて静けし

夕やみにまぎるるごとく歩み来てこのまま家を過ぎゆかむかな

あかあかと炎をたてて塵を燃《や》く妻をつつみてふかき夕やみ

ヘッドライト

牙むきてヘッドライトに吠えかかる犬よいかなる悲しみを持つ

ヘッドライトに射とほして見る杉林ますぐなる杉のつづく寂しさ

沛然と来てうつりゆく夜の雨かの杉山を越えつつあらむ

夜半の月

己が影に物言ふごとく酒飲むにほろほろと鳴く夜の閑古鳥

ほろほろと山深く鳴く閑古鳥ひとりし聞けば人の恋ほしも

髪むざとつかみて歌に苦しめるわれをしばらく猫が見てゆく

夜半すぎてひそかに風呂をつかふ音　妻もいくばくの秘めごとあらむ

きのふ今日妻に語らず経たりしが夜半愛恋のごときもの揺る

やみの夜の花のごときかうつくしき核分裂を思ひ睡らず

明けやみの長き鉄橋をわたりゆく汽車のひびきを今も忘れず

妻も子も深く眠れるさ夜ふけに雲出でし月は望《もち》にあらずや

孟宗の林に射せる月光を思ひつつをれば心やさしき

群なして河口をのぼる魚族《うろくづ》の月にかがやく魚鱗思ほゆ

月照らふ夜半に思へば渦青くくだる渓流もさみしからずや

雁来たる

みづからの翳に入りゆく地の極《きはみ》　祈りのごとき季は至りぬ

氷原に氷原到り、いつしかに群青の海狭くなりゆく

極北の空をかざりしオーロラの青溶けいでて闇に入りゆく

草に残る雁の和毛《にこげ》に風吹きて凍土の地平はやも暮れたり

雛鳥も羽根そろふらしオーロラの空の奥まで雁は列なる

羽ばたきて蒼穹《そら》さわがしく飛びたちし雁よみるみる清くつらなる

まな下に斜めに揺らぐ針葉樹林　列なす雁は風に乗りたり

風すさぶ北の海峡のくらやみを列ねてわたる雁の声かな

くはへ来し小枝を浮けて夜を眠る雁おし下れ寒の親潮

黄泉よりの歌聞くごとく荒海に雁よ幾夜を浮きて逝きしか

波の上に小枝を浮けて憩ひたる雁の群発つ羽音こそ聞け

列なせる雁に曙光は至りけり弧をなす海の沖明かりつつ

樹樹茂る陸地よ赤き山肌よ長き岬に朝あけにけり

樹樹深き陸見えそめし安らぎに群より多《さは》の雁落つるとぞ

数細くなりて列なす雁がねの浄土のごとき茜空ゆく

〝竿になぁれ、鉤になぁれ〟と呼ぶ声の聞こゆるらしもあはれ雁群

夕空の影としなりてゆく雁の賜もののごときとほきひところ

幼くて遊べる野辺を恋ふるらし夜わたる雁に眼を閉づる妻

ドストエフスキーの修羅なす魂《たま》を思ふ夜に吐息のごとき雁の遠ごゑ

ぬばたまの空の奥処に鳴る雷や雁はいづべを飛び行くならむ

くらやみに立ちつつ馬も聞きてゐむ冷えまさり来し夜をわたる雁

遠くより愛しき霊の呼ぶごとし孤り醒めつつ聞く雁の声

しろがねの三日月は黄に照りそめて遠き落雁の声を聞かせつ

寒夜

積み捨てし瓶に寒風の吹くならむあはれ茫々と夜半に鳴り出づ

風の音に目覚めし妻か明時は雪にならむと言ひて寝入りぬ

夜の風にさ庭の土の乾くらし木の葉片寄る音たち冴ゆる

風の音しづまりながら雪となりいよいよ遠きチャルメラの笛

庭土の凍りそめたる静かさを聞くごとくゐし犬も去りたり

かがやきの極みにふとも流れ出む寒の夜空に冴えかへる星

底ふかく星を映せる水甕も庭にしづかに凍りそめしか

峰わたる鹿のしづけき群にふる明時雪をうつくしみたり

牛

人影の写る眼《まなこ》は閉ぢむとす牛も前世を知りたかるべし

峡をわたる風聞くごとくゐる牛の背にたちまちに降りくる霰

草の秀に息づく黄蝶に首伸ぶる牛はサファイヤの深き眸《め》を持つ

杉山に目を閉づる牛　妄念をうつごとく尾は時に腹うつ

牛の耳は驚きやすし杉山の深く枝うつ音たえし昼

つひにして不犯の陰嚢《ふぐり》揺りながら荷鞍の金輪鳴らし牛歩《ゆ》く

売られゆく子牛を嘆くひた声を山の向かうに聞きてすべなし

火の河原行

朝雉の鋭声ひびかふ山のもと霧湧く見れば川流れたり

わが怒りしづめがたくて来し山に雪解の水の激《たぎ》ちひびけり

苔むせる巌《いはを》を越えてくだりゆく水の激ちは見れど飽かなく

火の河原の由来記せる掲示板にゆらめくよ竈の赫き炎の

廃校の庭にしづかに降る雪に遊ぶセキレイは何の霊ぞも

少年ら背《そびら》に天を駆けりけむ白き木馬の足も朽ちたり

別れたる教師・児童のかなしみの声くぐもらむタイムカプセル

石垣の中に水湧く音すなり廃校に時のゆけるかそけさ

頬染めて処女が物を言ふごとく廃屋の裏南天熟るる

わが裡にこごり巣くへるさびしさの声あぐるごと風に鳴る瓶

雪野ゆく老婆の肩にふるるまで枝撓ませて柿熟れ残る

髭白き襟巻きの老い地に画きて山の坑道への道を教へぬ

坑道の闇に棲むてふ魚恋しほのかに青く身の透《とほ》るとぞ

出で来たり道を歩める山雉の飛び去りゆきし山の夕映え

雪の朝

滝凍る朝のニュースを聞きをれば死せる小鳥を抱きて子が来つ

せせらぎをおほへる竹の一もとに鶇来たり雪の散りやまぬかな

ゆきずりに我にもの言ふ口髭の吐く息白しゆたけし朝は

ゆきずりの人が下げたる山雉の眼のくれなゐも忘れがたしも

山径にしみ出づる水　薄氷《うすらひ》のしたをくぐりて流れゐる見ゆ

夜の公園

竹の幹掌に打ちながら下り来て深きしづもりを恵みとぞ思ふ

影もたぬ人らさびさびと歩みゆく雪降りくらむネオンの街を

誰もみな油のごとく黙しつつ夜の街に降る雪に濡れゆく

闇ふかく茂れる樹下に身を寄せて濡れそぼちゆく犬を見にけり

一つ一つホテルの窓の灯《ともし》消ゆ苑の裸木に寄りて見をれば

夜半すぎて雪のしき降る公園にほのか明りて水張りしプール

流れ来しヘッドライトに照らされて己の足といふもさみしき

遠くより届く灯《ともし》を吸ふごとく葉を広げゐる雪のフェニックス

きりぎしにあまた捨てある空びんの鳴る音聞けば風荒るるらし

夜の操車場

火山灰《よな》

朝風に舞ひたつ火山灰《よな》に汚れたる傘さしてみな街をい往けり

噴きあがりしだいに湾になだりくる火山灰《よな》の下びに群れゐる小船

噴きあげし火山灰にみづから暗みつつ火山《ひやま》は夕べの闇に溶けゆく

みづからの火山灰にけぶれる火の島をつつみて夜の闇はひろがる

鎮もれる河口に群れて寝る鴨も羽交ひに火山灰の音を聞くべし

中大兄

わが斬りし入鹿の怨霊《たま》を恐れては民の心を統ぶべくもなし

大波のとどろに民も豪族も揺れ揺れよ我の告りのまにまに

宮もなき難波に都うつす由知る者はつひに鎌足ひとり

古人の大兄の皇子を斬りしより風説は常に吾を憎むらし
山背の大兄の王をわが撃ちし闇の奥処にまなこ燃えゐる
螢火の飛びかふ夜や背く者もはやあらねど安眠《やすい》ならずも
大海人が心もはらに恋ふ額田あな桃園に佇ちて愛しも
あまたなる妃《きさき》も臣《おみ》も夜くだちに物におそるる吾と知らじか

夜の操車場

だしぬけに警報器鳴り、――重おもと音ひきながら黒き貨車来ぬ

連結の音つぎつぎに走りゆきこだまとなりて貨車動き出す

人乗せぬ客車操車場を出でゆけり葬列のごとく灯をこぼしつつ

機関車のデッキに人の振る光青く美しく揺れて遠ぞく

大き動力止まれる真夜の操車場物体に翳のあるはさみしも

構内のはての闇なる赤き灯を映ししづかに線路燃えゐる

磨崖仏

檳榔毛の牛車の御簾を透かし見し桜は今も裡に吹雪けり

山深く逃れて生くる悲しみに青き狩衣の袖も褪せたり

岩に彫る南無観世音　うらみ泣き闇にさすらふ魂を鎮めよ

父母のおはす黄泉より帰り来て森の夜ふけを不如帰鳴く

ふたたびは見ずかなりなむ京の町 眼《まなこ》閉づれば人ら往き来す

あぢさゐ

窓ちかく紫陽花の群ほの照りて授業に向ふ若き貌かほ

白衣着る乙女しづかに物洗ふ窓に紫陽花は花明かりせり

暗むまでしとどに降れる雨の中おのれほのかに照らふ紫陽花

思ふ思ふ逢はずて時の経つごとく日々紫陽花の毬太りゆく

我を打て

むらさきの光鋭角に走りゆき森に木を裂く劫火のひびき

とめどなき力に空を雷渡る、疾くさやに来て我を打て驟雨

音たてて降り来し雨に首折れて揺らぎやまざりくれなゐの薔薇

まとひたるシャツを徹して身の膚疼《はだへ》くばかりに雨打ちしきる

従容と天の怒りを受けし身は冷え徹るなり雨のもなかに

罪なくて一生《ひとよ》を終はる人もあらむ……雨に打たれし薔薇手折りけり

夕立に身を打たせつつ罪障の消《け》ぬとならねどすがすがしけれ

青竹の清き切り口――涙もて洗ふほかなき遠きあやまち

もの思ひかなしく息を吐《つ》くごとく玻璃ほのぼのと螢は点灯《とも》る

幼な霊螢となりて来たるらし青く美しく点灯《とも》り物言ふ

罪あらぬ者まづ石を打つべしと読みて今夜の灯を消しにけり

カンナ咲く墓

役めをへてすぐ逝きしよと炎《ひ》のごとくカンナ花咲く垣に嘆かふ

くぐまりてレグホン睡るくらやみに死者にふれたる手を洗ふなり

懐中灯ともせば緑したたれり深井の壁に生ふる歯朶の群

歯朶伝ふ水滴の音――やみ深き井の底ひより死者の呼ぶ声

井戸水に赤きトマトを冷やし置く夜半死者の手のとどかむ位置に

ぼつさりと夜の竹群さまざまの思ひ残して人は逝くなり

黄泉にゆく汝が魂ならむ音もなくぬばたまの空わたりゆく鳥

ぬばたまの黄泉にねむれるあまた霊さわだつごとく雨降り出でぬ

うちけぶり音たてて来し夜の雨死者が何やら言ひたかるらし

たちまちに雨降りすぎてありし日の面輪のごとき月出でにけり

家裏に捨てある大き水甕も雨はれて清き月写しゐむ

月光に照らふ卯の花見むと来て君なき家に灯のつける見ゆ

明けやらぬ川のさ霧にまぎれつつ石にしづかに白鷺はゐる

あかときの露けき土に息づける蟬に黒々と蟻たかるなり

樹樹を貫く光芒のなかしろがねの光となりて蚋《ぶよ》は群れ飛ぶ

汝が霊の在り処かここは夏草の繁りに燃ゆるカンナひと本

花すぎて青葉繁れる合歓の木の根かたをきよき水のゆく音

ルビーの花つぶつぶと多《さは》に持つ小枝藪はやさしき生命やしなふ

忽然と出でし汝が使者――黒揚羽めぐりて黄泉にかへり行きたり

奥津城の森を流るる浅川を鋭ごゑひきつつ鳥さかのぼる

笹の葉の散りぬ、揚羽の舞ひ出でぬ　山はさゆらぎのやむときもなし

さかしまに山を写せるみづうみにあはあはと昼の日照雨《そばへ》降り来ぬ

はばたきて水の面をすべりゆきし鳥　首のくれなゐも忘れがたしも

山頂にちかき木下《こした》のうすやみにひいやりとさむく汝が墓はあり

青銅の柵をせる墓　雑草《あらぐさ》に立ちて一本のカンナは赤し

山頂にちかく多くは貧しくて石のみを置く墓並ぶかな

山風にさうさうと鳴る樹々の音聞き伏すと思へばさみし御墓は

くれなゐはかなしみの色汝が墓のカンナ折り来て机《き》に挿しにけり

盂蘭盆

夫婦して開きたるてふ野のなかに王族のごとく群るる向日葵

炎天のもとに影なき人ら立ち黒きタールを煮てゐたりけり

うら盆の月おぼろにて石垣の石ことごとく人の顔せり

うら盆の仏壇の間に眠りゐる妻が声たてて笑ふならずや

ほのかなる三日月に向きて空わたる鳥の群ありくらぐらとして

鍾乳洞に沈《しづ》くひびきを聞くごとく夜半ひそかなる心に眠る

夜の机

帰らなと車のドアを開くときおのれさびしく息づきはじむ

鍵させば己れにかへり酔はむとす部屋にあふるる白百合の香に

つけすてし塵の炎のたちゆらぎぬばたまの闇いよよ深しも

ガラス窓《ど》にをりをり映るくれなゐは塵塚の火に風おこるらし

読みさしの本を歩める蟻一つ物言はぬもの夜半にしたしき

わが指に押さばたやすく死なむ蟻ノートの上を歩かせて見つ

ふるさとを捨てて学問の徒とならむ羞恥のごとく秘め来し思ひ

弾かれてガラスに当りし金ぶんの畳のうへを歩きはじめつ

火を御して心やうやくすさみけむ歴史を思へばかなしかり、人
人類の亡びしのちの闇を飛ぶあまめの群の羽音こそ聞け
世を捨つる件《くだり》に至りおのづから涙垂りつつ朱を引きにけり
くれなゐの光ひきつつふりそそぐ隕石を思ひ恍としてをり
揺れながら北に定まる赤き針この不可思議の磁気もて遊ぶ

さやうなら――深井の底に叫びたる人のあり処も聞かず経にけり

夜の机に妻が持て来し白桃を灯下に惜しみ時すぎにけり

雇はれて葬《はふ》りに泣くといふ賤《しづ》を思へば生きむ術はあるべし

一つ生命持てれば深く眠りゐる汝のかたへにしばし眠らな

扇風機つくれば少し寒き夜半消してさみしき寝《ね》に入らむとす

鉄の音透くごと清し寝に入らむ我に神泉の風鈴は鳴る

灯を消せばすなはち深き闇いたる——うなぞこに立つ翳のごとしも

夜となれば眇々と胸に鳴り出づるとほきしほさゐを聞きつつ眠る

うらがなし、妻

ほのかなる茜の空もうらがなしとほき日の妻夢に見てゐし

ていねいに眉画きあぐる妻の顔鏡に見つつさびしかりけり

かなしみは言ふべくもなし妻子伴れてタンカーのゐる海を見に来し

首枷をはむるあゝ、あるじの感じにて汝に真珠の首飾り巻く

雪嶺よ見よとし妻に指さして愛のごときが満ちてゐたりき

ふかくまで畳にさせる月かげに音なく妻の足歩み来ぬ

白桃のごとき少女を妻としてくらき宿命《さだめ》の道づれにしつ

夜の海

闇遠く数ふるほどの漁火やかつて恋ひにしいくたりの人

真夜ふかく雲を出でたる望月に海は黄金の波散らふなり

波の秀のありのことごとかがやける海を統《す》べたる月のしづけさ

月光のくまなき浜に人群れてあかき炎を囲みゐるかな

秋一日

あかときへ時のうつらふ気配にて火山《ひやま》かそけき地震《なゐ》を伝へつ

あさ光《かげ》のいまだ至らぬ竹群の眠れるごとくうちしづむなり

流れ合ひ落ち合ひせめぐ水の音暗渠の奥にこだましやまず

あかときの樹々のみどりのうちなびきもまるる中に紅き薔薇あり

朝川に向かひやすらふわが裡に白鷺一羽降りたちにけり

秋水のやせやせてゆく川の面に降りうつりつつ雨は去りけり

雨すぎて紺青の空写したるロードミラーの心ぞ欲しき

ロードミラーに写る一本の山の径　果たて浄土のごとき夕映え

舞ひ落ちてさ川に入りし笹の葉の流れゆきたる果たて思ほゆ

空へ空へからみあひつつ昇りゆく蝶の愛恋の狂ほしくかなし

森ふかく木を挽くは誰そ夕谷を越えてひびかふ音のやさしさ

エロイカを聞く夜に

カーテンに背広吊られてゐる翳よ磔刑《たつけい》といふはさみしかるべし

にくしみを縫ひつつ修羅となる妻かおどろの翳を障子はうつす

青おびて鋭きハサミ　そぎそぎと妻が布断つ音ひびくなり

灯を点けて恍惚と我は見てゐたり窓にあまたの花咲く葵

部屋ごもり我が聞くアレグロ・コン・ブリオ玻璃ふるふまで溢れ溢れよ

今夜また何を責めむと厨火《くりやび》をあびつつ妻は鬼と化しゆく

砂あらし茫々と鳴る海ぞひにのがれて遠く旅ゆかむ影

放たれし嫉妬とどめむすべもなく妻は入り来て我が前に立つ

わが頬を打ちたちまちに鬼と化し疾風《はやて》の声となりゆく妻は

繰りいだす言葉つぎつぎ修羅なして文目《あやめ》もあれか妻が責めくる

井の底のやみに棲むてふ家すだま現ついさかふ声も聞くべし

底ひより湧きたつ濁り沈みつつ水澄むまでを我は耐ふべし

かなしみの底にこだまし鳴る太鼓　葬送の曲に兵の群見ゆ

春風のアレグロ・ヴィバーチェ汝も聞け唇《くち》さへ蒼くふるへやまぬを

父母の諍ふ部屋に来て泣ける子ら背にあまるパジャマなど着て

しやくりつつ寝に入らむとして言ふらくは「やつぱり、パパが、悪いからだよ」

階下にてエロイカの曲終るらしらうらうと狂気の妻を癒やしめ

炎めきて我を起こしに来む妻の気配ききつつ闇にくぐまる

子ら連れて風に去りゆく妻の影　祈りのごとくうつくしうせり

人間の皮をかぶれるけだものも寝入りしかなと近く言ふ声

来む世にもこの妻を得むと思ひにし若きひた心かなしからずや

修羅去りて寝に来し妻か腕枕《ま》けばたやすく胸に頬埋めくる

修羅すでに疲れて妻は寝入りたり――美しかりし私に還せ――

夜の窓のくもり拭へばかなしみの極みにつづく洞《ほら》のごとしも

明日はまた教壇に立ち物言はむやり処なき身を瞳《め》にさらしつつ

弥勒仏下りて統べむ億年の後のこの世はあるべくもなし

空をゆく雁の遠音を聞きにしか闇に臥せる妻がみじろぐ

点滅のともしさびしく南下する機のあり明けのちかき星空

廃坑に透明の魚棲むといふしづかに我も寝に落ちゆかむ

灯を消せばまなこやさしき馬出でてかなしみのごと駆けはじめたり

たてがみを夢のごとくになびかせて闇を駆けくるわが黒き馬

かなしみの極みのやみにふるるまでまぼろしの馬駆けりゆくかな

さうさうと夜のみどりのうちなびき首なき馬の走るまぼろし

泣きとほし闇のもなかにくぐまれる紅きまなこを思《も》へば苦しゑ

苦しみに耐ふるほかなき現し世に人堕《おと》しめてすべなきものを

解説

岡野弘彦

この歌集には、本当は解説などいらないと思う。読者は歌集のどの頁を開いてごらんになっても、そこに収められた作品から伝わってくる、熱気をはらんだ執意のはげしさをお感じになるにちがいない。その時すでにこの集の作者は、全身に熱い南国のエネルギーをたぎらせたその体軀を寄りそわせて、読者のそばに立っている。私が進んで川涯君の歌集の解説を書くことを申し出たのは、その純一な熱気のほとばしりに、押さえがたい感応の心をゆりうごかされたからである。

「義久」という長子の名をそのまま題名にした最初の一連を読んだ時から、私の胸にひたひたと潮のように満ちてくるものがあった。一生のうちにたった一度おとずれる、恍惚として夢のように清い幸福の追憶が、私の心にもありありとよみがえっていた。

まだうら若い妻と、初めて得たわが子と、若く貧しいけれども倦怠感などつけいる隙のないみずみずしい時間が、そこにはあった。同時に、このかけがえのない幸福の時が破られるいたましい刹那を思って、私の心はおびえた。川涯君の実人生がどんなふうに経過して来たかを、あらかじめ知っていたわけではない。だが、その歌の香ぐわしさ、たとえようもない豊潤さの中に、ただならぬ気配のひそんでいるのを感じないわけにはいかなかった。運命の神は常に、人間のこういう純粋なよろこびの時をいつまでもそのままにさせておくほど、寛容では決してないのである。

だから、次の一連「孤り逝きけり」に至った時、私にはある程度の覚悟ができていたはずだ。それにもかかわらず、私の心はふるえた。更に読みすすむにつれて、不覚の涙をすらとどめることができなかった。私事をいえば、ちょうど同じ年頃の子を、同じように苛酷な状態におとし入れた体験が私にもあった。だからといって、川涯君の作品に対して文学の域を脱した、身につまされた溺れ方をしたのではない。

私は若い日のその体験を、そのまま作品にできないで過ぎてしまった。幾度か思いたったが、ついに押し切って作品にする心の剛直さを貫くことができなかった。川涯君の歌には、私がくわだてて果し得なかった、生きる上の苛烈さを見とどけ、表現しつくそうとする飽くなき執着心を見ることができる。そのことに私は心打たれ、不覚の涙をすらこぼしたのであった。

二十余年前に、私の新古今集の講義を聴いてくれた学生の一人であった川涯君が、歌人として再び私の前に現れたのは五年ほど以前のことである。学生であった川涯君に対して、私は決して心こまやかな教師ではなかった。それに引きかえて、川涯君が彼の教え子達にどれほど情熱的な教師であるかは、毎年、彼の勤める鹿児島県立錦江湾高等学校の短歌研究会から送られてくる、『あすなろの記』という歌集を見ればよくわかる。そこには十数人の高校生のみずみずしい感性を示す短歌作品とエッセイ、数人の先生の短歌が収録されている。

若者たちに対する短歌指導に非常に熱心な先生方がそろっていられるのだと思うが、とりわけ川涯君の熱心さと歌の力強さに引きつけられる。『あすなろの記』の或る号には、一人の男子生徒の「川涯利雄を斬る」という文章がのっていた。激しい題ときびきびとはばかりないもの言いにかかわらず、その内容はさわやかな川涯利雄に対する憧憬の文章であった。私はそういう師弟関係を持つことのできる川涯君の生き方と文学に、確かな信頼を感じ、同時にほのかな羨望の思いの動くのを禁じ得なかった。

一昨年の秋深くなって、私は鹿児島をたずね、川涯君に案内してもらって、出水《いずみ》の鶴の渡来地を見た。日没後一時間して、すでに眠りにつこうとしていた二千羽の鶴は、時ならぬ侵入者に驚いていっせいに夜空に舞いあがり、怒りの声を放ちながら、五日月の空を乱舞した。

身の震えるような鶴の大群の威圧の下に立ちつくしながら、私はかねて思っていた歌集出版のことを、川涯君にすすめたのであった。

あれからまる二年して、ようやくそのことが実現しようとしている。そして私は、南国の男の情熱と悲哀を、生得の声のような自在さで短歌定型に歌いこんだこの第一歌集の次に、彼がどんな意力的な作品世界を切り開くか、そのことに熱い期待を感じている。

第一歌集を編し終った充実感の中で、川涯君は私の予想を遥かに越えた貪慾さをもって、その事を考えているに相違ないと思う。

「エロイカを聞く夜に」あとがき

小さな骸《むくろ》にとりすがって、妻は「ごめんなさい」「ママを許して。ごめんなさい」と絶叫した。子供を命のように可愛がっていた妻ではあったが、子と親という命運を賜った刹那から「ごめんなさい」と叫ばなくてはならぬ必然性を妻は負ったのであったろう。

私も同じことである。ただ、私の場合は、子供一人にとどまらない。もっと沢山の方々に、そして……妻にこそ。

本来、歌集にして発表するほどの作品ではない。自分の作品の貧しさはよくわかっている。今年、義久が十三年忌を迎える。その霊鎮めとして、私の「ごめんなさい」を聞かせなくてはならないのである。

昭和四十四、五年の挽歌だけに絞りたかった。しかし、歌集としての体裁などということにもこだわってしまうのである。「人」に入会した昭和五十二年以降の作品を加え、再構成した。途中の六、七年間の作品は振返らずに棄てた。透明になるまで棄て去るべきだったのかもしれないと今も思う。

校正刷りを読みかえして、感受の貧しさにおどろいた。十余年の歩みのうちに、少しも山の高みに登らなかったことを知った。詮ないことである。

しかし、この才貧しい私に沢山の俊才が手を差しのべて下さった。この親切を励みにして、もっとしっかりしたいと思う。

岡野弘彦先生には、かねてから過分の御懇情を賜り、お礼の言葉もないのですが、今回、また、心籠る解説をいただきました。この光栄は忘れません。ありがとうございます。

「南船」主宰東郷久義先生は、未熟な私に勉強の機会を与えて下さり、いつも激励して下さっています。ここに記してお礼申し上げます。

「梁」の伊藤一彦氏・興梠英樹氏に何とお礼を言えばいいのだろう。心やさしさが身にしみます。兄たちを思えば、私のような者もやさしい心になり、しきりに勉強したいと思ったりするのです。お礼申します。

笑顔のなつかしい浜田康敬氏・志垣澄幸氏の御懇情にもお礼申し上げます。

実は、この歌集は、全て、「人」の松坂弘氏・成瀬有氏の御力で成ったものである。鹿児島にいる私に代って、御多忙の身で、東奔西走、雁書館の冨士田元彦氏と連絡しつつ、デザインまで決めていただいた。この歌集を大切に思う心で、いつまでもこの御三人の心を大切にしたいと思う。

雁書館の冨士田元彦氏のもとから、私の歌集の出版が出来るのは本当にうれしい。身にあまるりっぱな歌集を御つくりいただきありがとうございました。

昭和五十六年三月吉日　鹿児島・坂元の寓居にて

川涯利雄

解説　エロイカを聞く夜に

伊藤一彦

川涯利雄氏の真率で、しかも情熱のうねりを感じさせる文体の作品は、さすが薩摩の「隼人《はやひと》」だと思わせる。

『エロイカを聞く夜に』は「義久」の一連で始まる。川涯氏のお子さんである。

寝入る児を背にくくりつけ自転車をこぎ帰るなり夕月の道
こらへゐし涙湧き落ち幼な児は手の鉛筆を投げ捨てにけり
ガリを切る部屋に入り来て騒ぐゆゑ怒れば出でぬ　さびしその背の
我が胸に力いつぱい抱くとき悲鳴あげつつ好きと言ふかな
幼な児は小さき唇をとがらせてキスせよと言ふ月清き庭
満天の星の海原ゆく船に思へば賜もののごとき義久

父親に甘え、その甘える子がいとしくてならぬ父親の情が具体的な場面を通してありありと伝わってくる作品である。読者まで幸福感に満たされる。ところが、続く一連は思いがけぬ一連であり、読者も悲哀のどん底に突き落される。「血みどろになり義久は死ににけり昭和四十四年八月五日」の詞書の一首をもつ「孤り逝きけり」の十七首である。

美しき顔に生血は湧きいでて我が義久よ息づかぬなり
義久よ死ぬな生きよと叫ぶごと立ちてゐたれば泣くこともなし
幾重にも頭に包帯を巻きつけて我が義久は孤り死にけり
「義久はアトムになる」と叫びつつ駆け出でにけりそして帰らず
ごめんなさい　ごめんなさいと泣きすがる妻狂ふなよ狂ふなと思ふ
ことさらに可愛ゆき子供を神召すてふ人の言葉を妻は恃まむ
殺したる人を責めても帰らぬと知れれば妻も言あげはせず
夏の空透くべくとほく晴れわたり義久の煙うすく消えゆく
鉄腕アトムあまた染めたる浴衣着て夏雲白き果てに行きけり

突然の事故死だったのである。川涯氏そして夫人の悲痛はいかばかりであったろう。この一連を私は何度も読んでいるのだが、何度読んでも胸が痛む。悲劇的なことがらを歌にするのは実は容易ではない。自らの心に辛いほど向かいあい、そして他の人の心に届く表現になっていないといけないからである。いや、何よりも死者の魂にしっかりと届く作品になっている必要があるからである。「孤り逝きけり」は川涯氏の勁い鎮魂の志によって生まれた絶唱である。氏は「あとがき」で「本来、歌集にして発表するほどの作品ではない。自分の作品の貧しさはよくわかっている。今年、義久が十三年忌を迎える。その霊鎮めとして、私の『ごめんなさい』を聞かせなくてはならないのである」と謙遜して書いているが、見事な「霊鎮め」の作になっていると思う。

『エロイカを聞く夜に』に注目すべき一連は他にもある。川涯氏の出身地である出水の鶴を歌った「翔び発つ鶴に」である。

ひろげたる羽根かろがろと浮きあがり風にところをうつす鶴はも
足伸べて流るるごとく降《くだ》る鶴　地につかむとしあはれ羽搏く
ズームレンズ徐々に絞れば鶴群の一羽さみしき貌をして佇つ
かへりゆく鶴の群より見えてゐむ熟柿の紅にかこまるる家
鳴きわたる鶴がねの眸《め》に我を生みしふるさとの山うつくしからむ

飛び発ちてみるみるとほくなりゆきし鶴がねのごとしわが少年期
旅だちし一羽の鶴の鳴く声か仏壇に香を焚く夜聞きしは

出水の鶴を歌った歌人は少なくない。しかし、川涯氏の作はさすがこの地で育まれた人の濃密な詩情の作である。過去の時間をいわばすべて呑みこんだ鶴の姿と声であり、時には或る人の姿、或る人の声となって氏の心に届きかつ聞こえるのにちがいない。

鶴は生涯を番《つがい》で通すことで知られているが川涯氏の歌集には妻が多く歌われている。

夜半すぎてひそかに風呂をつかふ音　妻もいくばくの秘めごとあらむ
幼くて遊べる野辺を恋ふるらし夜わたる雁に眼を閉づる妻
夜の机に妻が持て来し白桃を灯下に惜しみ時すぎにけり
ていねいに眉画きあぐる妻の顔鏡に見つつさびしかりけり
ふかくまで畳にさせる月かげに音なく妻の足歩み来ぬ
白桃のごとき少女を妻としてくらき宿命《さだめ》の道づれにしつ

「白桃のごとき少女」であったという妻。今もその清い輝きは変わっていない妻として歌われている。ただ、右に引用の最後の歌の「くらき宿命」の言葉に読者は思わず息を呑まずにいられない。その展開が歌集の終りにあり、歌集の表題となっている「エロイカを聞く夜に」である。それは読者にお読みいただこう。一首だけ引用しておく。

来む世にもこの妻を得むと思ひにし若きひた心かなしからずや

昭和五十六年に出版された『エロイカを聞く夜に』には國學院大學時代の恩師の岡野弘彦氏の深い愛情に満ちた懇切な解説の文章が付されている。この文庫にも収録されるであろう。川涯氏を語って又とない文章である。

本書は一九八一年雁書館より刊行されました

歌集 エロイカを聞く夜に
〈第1歌集文庫〉

平成28年6月23日　初版発行

著　者　川　涯　利　雄
発行人　道　具　武　志
印　刷　㈱キャップス
発行所　**現代短歌社**

〒113-0033 東京都文京区本郷1-35-26
振替口座　00160-5-290969
電　　話　03（5804）7100

定価720円（本体667円＋税）
ISBN978-4-86534-167-6 C0192 ¥667E